親愛的，請打開信箱

給女兒的人生情書

母愛同行

母親懷胎十月，絮語不斷，字句化作無聲的母愛，滋養著小生命的成長。年輕母親何思穎卻不止於此，她決定將成長中的悄悄話寫成二十封真實情書，以師姐身分，跟這名與她親密無間的同路人── 女兒，分享人生路上難以啟齒的點滴。

有別於傳統中母親「全能」的印象，作家會因女兒深夜不肯睡覺，壓力過大而與女兒相擁痛哭。她漸漸發覺，相處中的每一次爭吵與和解，成長的不只有女兒，還有站在同一條跑道上的母親。

本書以母親視角，洋溢著她對女兒的無盡愛意。一封封真摯的情書，引導女兒如何面對生活中的挑戰、擁抱未知未來，發現和追尋自己的熱情與夢想。

從來沒有一門知識關於如何成為稱職家長，本會轄下的家長全動網，舉辦多元的家長學習課程及教育活動，鼓勵家長和子女增進知識、同步成長。我們非常欣賞思穎的構思，透過分享個人的寶貴經驗，讓每位「師妹」都能沿著「師姐」的腳印，細緻思考，走出自己母職的路。

展信閱讀前，思穎又踏出新的一步，勇敢追逐自己的作家夢，在第八屆「青年作家大招募」計劃中脫穎而出，出版第一本個人著作。香港青年協會一直致力鼓勵青年發揮所長，藉著「青年作家大招募」計劃，發掘本地具潛質的年輕作家，並已為逾十五位青年作家出版書籍。本會期望更多有志於創作的青年透過本計劃實現夢想，為人生留下深刻的經歷。

徐小曼

香港青年協會總幹事

徐小曼女士

二零二三年十二月

人生須有夢

認識作者思穎那一年，她中六，自告奮勇要當我任教的中國語文及文化科科長。一手秀美的字體，一股傻勁，一腔熱誠。

那一年，在課堂上討論《人生的意義》一文，談到「人生須有夢」，她的眸子裡閃爍著不一樣的熱情。課後，帶著她和班上幾位同學去看印度電影《作死不離三兄弟》，她凝神屏氣，看得津津有味，可以看出，她對夢想，有著非一般的嚮往與熱情。

及後，有幸見證她大學畢業、投身社會工作、進修、出閣。然後，又得悉她選擇了當上全職媽媽。旁人或視此為一種「枉費」，但我深信思穎必已深思熟慮，擇善而固執。做全職媽媽，不單是一種選擇，更是一種使命。她決意以這個身分編織與女兒的美好回憶，釀造幸福。我不知道美好的童年是否可以治癒一生，卻也深信這些美好的回憶與關聯經驗，能建立充足的安全感和溫暖感，讓人可以克服焦慮，在逆境中勇敢前行。後來，思穎又再選擇再次投身社會工作了。作為在職媽媽，她給女兒寫了一連串的情書，為這一段珍貴的回憶，留下記念。

今日能為思穎的新書寫序言，榮幸之至。她忠於作媽媽的使命，卻也不忘自己的夢想，讓自己的體悟與文字，成為母女倆的美好回憶，也成為別人的祝福。我以她為榮！

在那些年有幸與思穎同行一段的杜老師

母情歲月

小時候的我，是一隻小樹熊。當時社會，大多數母親都是在家照顧子女，一班師奶們都喜歡「攻打四方城」。最有趣是我這隻膽小樹熊必定要坐在母親的大腿上，打死都不肯落地。

可能是孻女的關係，所以我比較幸運，很少嘗到母親的「藤條炆豬肉」。當時的小孩都比較單純，父母叫做甚麼就去做。父親上班工作，母親就要一人照顧我們六兄弟姊妹，而大的又要照顧小的，甚至最大的姊姊要出外打工幫補家計。和她們比較，我是幸運的一個。

成長後，出來工作，突然會萌生想搬離家庭的念頭，但力有不逮。而剛失戀時，又遇上母親生病入院，見她驚慌的樣子，尤其心痛，切肉不離皮是真的。每天探望她，連失戀的痛苦都可以暫時忘記，只望她早日康復。

待我成為母親後，女兒也成為了小樹熊。當她年幼時，我是全職工作，晚上由自己照顧，都感吃力。到她讀書時，成績有些落差，我轉做半職工作，陪伴她一起學習，一起成長，相處時總會有苦有樂，但她帶給我很多歡樂，而我只需要她有交帶，大多時候都做到。成長必經反叛期，但時間很短。到她高中時，我們可以交心，大家成為彼此的樹洞，慶幸她是一個好孩子。

轉眼間，連我的樹熊都已成為母親。她幾經努力爭取出書的機會，是她的「小樹熊」令她更有動力和耐性，抑或是她真的有這個追夢的心呢？我個人認為是相輔相成的。如果沒有心去追夢，如果沒有想到鼓勵的話，可能就沒有這情書的出現呢！

作者的媽媽

作者序

剛收到出版消息時，我興高采烈地告訴女兒芬芬這個大喜訊，以下為當時的真實對話：

我：媽咪嚟緊會自己寫一本書書呀！
芬：本書有冇公主㗎？
我：冇呀，因為本書係關於媽咪同你平時嘅事呀。
芬：但我想你寫本公主書喎……
我：一係我寫一本書係關於「芬芬公主」啦！
芬：我唔要呢啲呀！我要真係喺城堡嗰啲公主……

我的出書計劃，就被這個小屁孩狠狠地潑了一大桶冷水。事隔大半年，我再邀請芬芬為我的新書寫序：

我：你可唔可以畫幅圖畫畀媽咪放喺書書入面呀？
芬：好呀！
我：你可唔可以幫我畫一幅媽咪同你一齊睇書嘅畫？
芬：但係我剩係想畫媽咪咋……
我：最好就有埋你啦！因為好多時都係我同你一齊睇書嘛！
芬：咁好啦……

（10分鐘後……）

芬：媽咪！我畫完喇！我畫咗我哋一齊著紫色裙，係我最鍾意嘅！

我：（睇一睇）咦……我哋隻手都拎住啲嘢，係乜嘢嚟架？

芬：我幫你整咗把間尺，另一隻手拎住鉸剪，係用嚟整書書用。我就拎住膠紙，幫你貼好本書。

原來芬芬把「出書」理解為用手工製作一本書，但不要緊吧！不論是哪一種形式，她也在陪著我經歷。

給女兒的情書

親愛的讀者：

是甚麼原因讓你想翻開這本書呢？因為你是母親？還是女兒？這麼巧，我也是母親和女兒啊！

假如以上皆否，請不要放棄閱讀下去。這本書的重點，不是「母親」或「女兒」，而是「人生」。「人生中總有很多道理，是學校沒有教過的」，相信你從小也聽過很多遍了，甚至可以答出：「當然是要靠自己親身體驗吧！」誰敢舉手說自己的人生過得一帆風順？如果你不敢承認，恭喜你！因為我們都是同類啊！

即使我是一位母親，也不敢在女兒面前說自己是甚麼「權威」，更何況是素未謀面的你呢？這本書沒有提供標準答案，因為我和女兒的故事絕不可能copy and paste至你的人生。回想當初我遞交的出版計劃書，撰寫這一本書的目的，是希望連結其他在成長中面對相同困惑的人。即使我們的人生不一樣，但不能否認，我們都在人生中跌跌撞撞了很多遍。倒不如由我先「拋磚引玉」，以此告訴女兒成長到底是怎樣的一回事，也讓你知道跌撞並不是你的專利。成年人無可避免的迷惘，孩童亦曾感受；孩童面對的未知，成人也可以給予指引。

這本並不是富有功能性的人生參考書，而是一本似微風般撫摸人生疙瘩的情書。希望當中所選取的五個課題──必須、關係、挫折、定律、未知，都會引起你的共鳴。

PS平常我沒有看「序」的習慣，謝謝你有把它仔細看完。寫完這部作品以後，我想以後都會養成看「序」和「後記」的習慣。因為完成一部書，真的很不容易，哈哈！

作者 何思穎（鹿仔） 上

第一課

人生的「必需品」，沒有一樣可以弄丟

p.14

心口寫個「勇」字

請記得發夢

選一項自己最喜歡的事，好好抓緊不放！

Me time 雖可恥但有用

第二課

有一種關係叫……

p.28

擁抱，是最好的藥

某種老朋友

謝謝你成為我的路燈

你細細個都係我湊大㗎！

第三課

挫折，就是傷痛過後仍要硬著頭皮向前走

p.44

Hello，怪獸！

衝動就是一場西班牙鬥牛格鬥

人生本來就有很多事，是徒勞無功的啊！

緣盡也是緣

第四課

人生定律——唯有「變」，才是不變 p.58

將來你的墓碑上，籍貫會寫甚麼？
成長等於不要獻醜，成長等於需要放手
離別，是成人禮的第一課
我覺得自己係「稜」

第五課

最好的，尚未來臨 p.72

給準備進入社會大學的芬
給將要步入人生另一階段的芬
給三十歲的芬
特別收錄：給我未來的女婿

後記

一封給自己的信 p.87

人生的必需品，沒有一樣可以丟棄！
Don't Lose the necessities of Life
Gearbeer

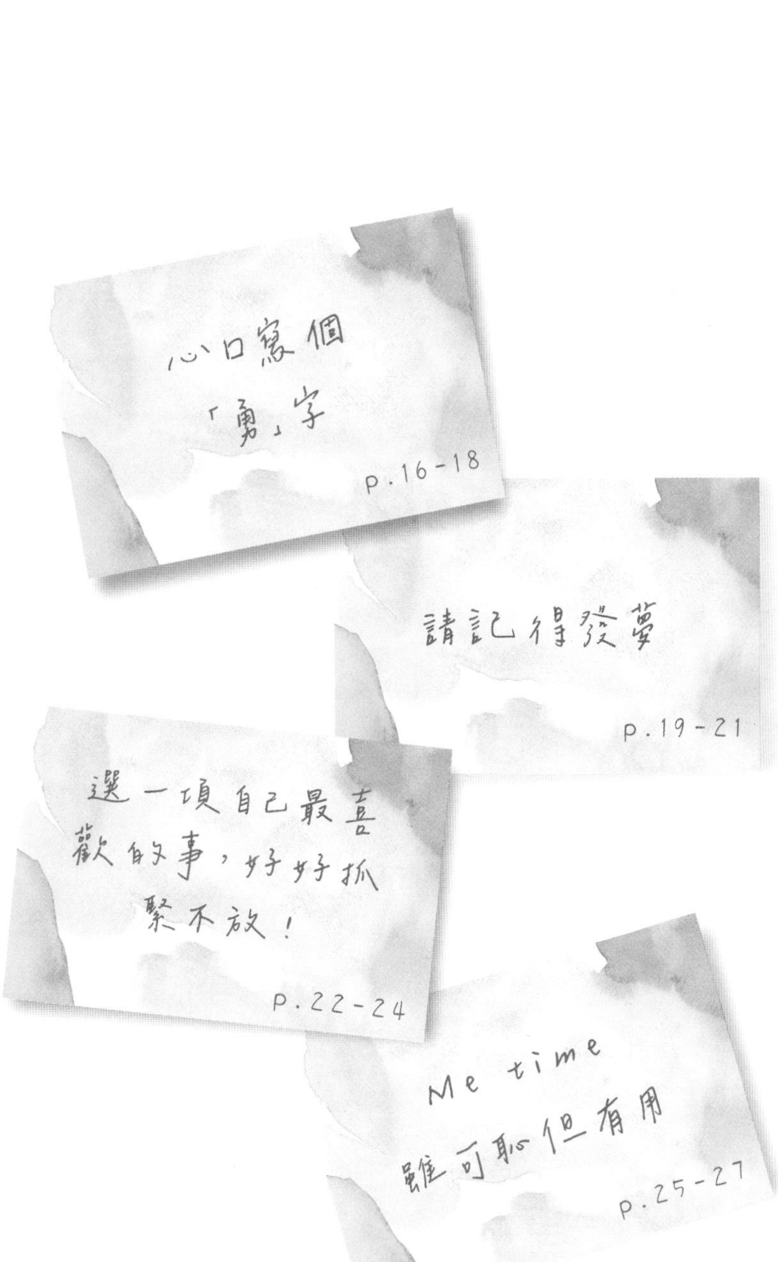
心口寫個
「勇」字
p.16-18
請記得發夢
p.19-21
選一項自己最喜
歡的事，好好抓
緊不放！
p.22-24
Me time
雖可恥但有用
p.25-27

心口寫個「勇」字

親愛的芬：

小時候的我，常常被媽媽形容為「樹熊」，因為除了黏著她以外，我根本不敢跟其他親友聊天。如果勇氣是一種化學物，上天在製造我的時候，一定是忘記把它添加在我身上。不過，成長裡總有一些時刻會迫使你拿出勇氣來，例如在中學時鼓起勇氣，向學校爭取創立一本校園雜誌；又或是在捷克划橡皮艇時遇到漩渦，突然拿出勇氣跳船保命—— 內心像有一把聲音，就在那一剎驅使你變得勇敢。

不過，我覺得要有勇氣去「放棄」是最困難的。記得第一年唸碩士時，我無法適應課程，因此想要退學。由於我是候補生，這個機會顯得更難能可貴。退學在其他人眼中是任性軟弱的決定，然而，父母卻支持我為自己作決定，選擇適合自己發展的路。我感謝他們給我自由，更感謝他們給我放棄的勇氣。這件事也提醒我，父母賦予的勇氣，比自發產生的，更讓我有自信面對難關，我並不感到孤單。

想起四歲生日後，你慢慢要習慣跟我分床睡，獨自睡在另一間房。一開始，你當然會怕黑，我便特意買了一條獅子手鏈給你戴上，它代表你喜愛的卡通《小獅王守護隊》(The Lion Guard)中，勇敢的小獅子領袖凱安。有一次，我鼓勵你嘗試自己步出房間，經過漆黑的客廳到洗手間找爸爸，告訴你獅子手鏈會像媽媽一樣陪著你。縱使你內心很害怕，淚珠也在眼眶中醞釀著要掉下來，但你仍然故作鎮定，顫抖地唸著：「我不怕的……我可以的……」我有點心疼你這小可憐扮作堅強的樣子，但更以你為榮，佩服你的膽量。找到爸爸後，你立刻大哭起來，但我不認為你是挑戰失敗，當時你勇敢嘗試的樣子，我仍然歷歷在目。即使要哭出來承認自己的軟弱，其實也是一種勇氣吧！

「愛真的需要勇氣……」在我的年代，《勇氣》是K房必點之歌。這句話到現在仍然是真理——愛與勇氣是密不可分的。尤其是你出生的那一年，正正是社會運動與疫情發生的時候，要不是

「愛」，我也不能勇敢樂觀地面對排山倒海的轉變。回想起我的成長中，其實父母從沒有說出「你要勇敢」，但他們對我的愛卻能自然轉化成令我內心強大的力量。直到我作為母親，我又何嘗不想你多點依賴我呢？就像分房睡一事，其實我內心也非常不捨，因為我早就習慣有一個小胖子睡在旁邊。可是我亦明白到，要有勇氣地適度放手，才可以讓你將來更獨立。這也是愛的表現吧？

唉⋯⋯早說了！有勇氣去「放棄」，才是最困難的事啊⋯⋯

說著說著

又想去唱卡啦OK的媽咪上

請記得發夢

親愛的芬：

我成長的時代是一個講求「追夢」的世界——由八歲時看周星馳《少林足球》中一句「做人如果無夢想，同條鹹魚有咩分別」，到了大學時期，Supper Moment 把《無盡》的「人生夢一場革命至蒼老」唱得街知巷聞，至近年《全民造星》、《中年好聲音》系列的素人選秀節目……周遭都有聲音提醒人要追尋自己的夢想。

回想我在童年都以考取好成績作為價值證明，沒有好好栽培一個興趣，確實是有點可惜，心底裡常常佩服那些很早便把興趣當成事業，一心一意追隨夢想的人。加上自問是一個三分鐘熱度的人，夢想也常常隨時間改變，所以真正感覺想「追夢」也是這兩三年的事，主要原因就是因為你！要是連我也沒有追夢的動力和耐性，又怎能鼓勵你對未來有盼望呢？

提起對「夢想」的最深印象，發生在我中七時的中化科。當時老師請我們一群同學在校園找一個舒適的角落，寫下自己的夢想。我記得其中一項——「與何韻詩一起拍攝關注社會的記錄片」。大學畢業那一年，老師把當年的習作寄給我們。那時候，距離當初定下夢想的年份只相隔三年，還有很多時間完成紙上的目標吧？但再次執筆寫下這件事的今天，原來距離中七已經十一年了！但那時的夢想仍然只是夢，只有想，說來也有點慚愧呢。

不過，我仍然感謝老師那時候的安排，因為對於當時正面臨高考的我，眼前只著緊能否考得好成績及取得進入大學的入場券，但這份習作卻提醒我夢想可以不受成績定義，夢想也可以讓人有更遠的憧憬。即使我沒有實踐到宏大的夢想，並不代表我會放棄追夢，反正追夢沒有時限，只要仍想追的話，就必然會逼出動力來。至少，我的主修學科及往後工作的範疇，也算是在「與何韻詩一起拍攝關注社會的記錄片」這十六個字中，完成了「關注社會」這四個字吧！

最近，我的夢想是希望開展一些文創類型的工作，於是嘗試參與市集，結果真的讓我大開眼界，因為我遇到很多為創作而打拼的人。他們大多有正職工作，卻仍然抽時間兼顧副業。別人會笑我們「沒事找事幹」，因為這門生意不是為了賺錢，更多是「倒貼」租場和交通費用，大家卻

自願為自己的喜好投放時間和金錢。只有我們才明白，還有這一種追夢的傻勁並不容易。我也忘記了那次的收支是否平衡，但最後能認識到以藝術工作為夢想的同行者，在我創作旅途中給予我很多寶貴意見和無限支持，也令我覺得追夢並不孤單。夢想要達到甚麼程度才算是成功呢？這根本不能用一套標準考量，但往往在尋覓的過程中，總會得到一點意想不到的驚喜吧！

作為陪伴你成長的伙伴，也期望聽到你勇敢自信地分享夢想！所以，要是你將來找到比唸書更想完成的事，只要讓我知道你的堅定和熱誠，我必義無反顧地當你的後盾。不管是渺小或宏大的夢想，會為此發奮努力的人，總會自帶一分光芒。我相信，你一定可以找到自己發光發熱的地方。要是我將來忘掉了追夢，請你把這封信狠狠甩到我的跟前，提醒我就算老掉了牙，也不要掉了追夢的心。

腦袋中不斷loop著
講「夢想」歌詞的媽咪上

選一項自己最喜歡的事，好好抓緊不放！

親愛的芬：

有一次跟你爸爸閒聊，他不解為甚麼我愛花很多錢買票看演唱會、舞台劇，而且每次都一定要買最貴的票。我仔細想想，要是把這些花在看演出上的錢都存起來，我應該早就成為小富婆了。本以為他要責備我亂花費，沒想到他竟然說：「找到一樣自己喜歡的事情，也是挺不錯的。」

每個人的人生各有長短，很多事情並不一定在規劃內發生。既然如此，可以做自己喜歡的事讓自己開心，不就是人生應該做的事情嗎？也許你會問：「是不是只要我喜歡，就可以做呢？」要是這麼簡單，我猜你一定會坐在電視前看一整天《小獅王守護隊》卡通片，也會把零用錢全都用來玩彈乒乓球機了。

可惜人生沒有這樣簡單，「喜歡」的背後還是有考慮條件：

1. 量力而為：按自己的經濟能力、時間管理去做喜歡的事，要不然會讓「喜歡」變成「負累」。

2. 不傷害別人：自己喜歡的事，並不代表別人也有相同感受。不必為了這件事與人爭辯結怨，更不可為此攻擊他人。

3. 不傷害自己：再喜歡也好，假如要傷害自己的身體和心靈才可以換得到，這樣是不值得的。

身為Pixar電影愛好者，很想跟你分享《靈魂奇遇記》(Soul)。故事中的兩位主角一直都對「生命的火花」有不同詮釋，有人花一生去尋找，有人卻在漫不經心下找到。不管你是哪一類，希望當你遇到自己的「火花」時，可以好好緊握著它帶給你的撼動。就像看到一票難求的音樂會時，會不顧旁人目光，像瘋婦般大聲吶喊偶像的名字；又似為了畫出心目中最美的圖畫，廢寢忘餐地修改草圖，直到眼皮快要用牙籤撐住；或猶如疫情過後再有機會到外地旅遊，想看的風景就在眼前，口中一直碎碎唸：「點解呢度可以靚到咁呀？」……不僅是當刻的感動，而且鼓勵我更有動力發掘下一個感動時刻。

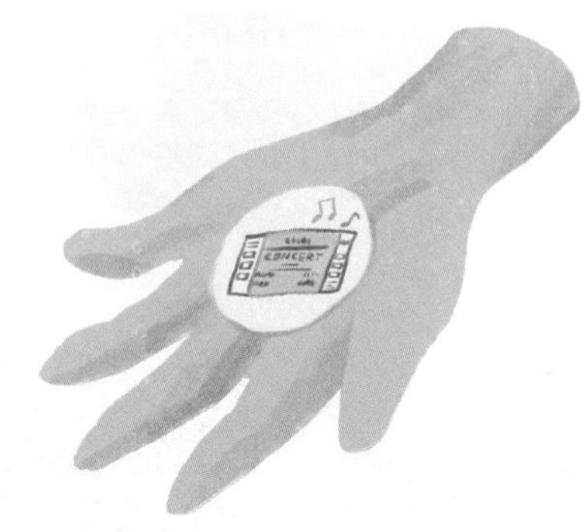

找到喜歡的事，不止是提供當下快樂的止痛藥，更似是注射在血液、流入至靈魂裡。希望你在人生過程中，會找到生命中屬於你的火花。

想與你一起
賴在沙發看《靈魂奇遇記》的媽咪上

Me time
雖可恥但有用

親愛的芬：

還記得在幼兒班時，你畫了一幅有關媽媽的圖畫。老師問你這是代表甚麼，你回答說：「媽咪喺屋企飲酒！」老師更在學習報告中寫下「女兒對媽媽在家喝酒的片段非常深刻」。看到後我覺得哭笑不得，又怕被誤會為有酗酒問題的媽媽，沒想到這情景在你小小的腦袋裡有如此深刻的印象。喝啤酒是我用來放鬆的方法，把苦澀喝進肚子裡，吐出的不止胃氣，也有一整天的苦悶，是帶有一種「麻甩味」的me time。

即使成為媽媽已經第四年，心裡仍然渴望你快點長大，好像只要你每大一歲，我的me time便會相應增加。這樣算是很自私嗎？當媽後不是應該以子女為中心嗎？怎可以因為想要me time而放棄照顧女兒的時間？這些問題，即使別人沒有說出口，自己也會禁不住自我譴責一番。然而，每當聽到朋友分享自己的成長中，有一位為家庭全力付出的媽媽時，他們總會抱怨：我覺得她好像與世界很脫節，現在只懂得圍著子女而轉，讓我覺得很困擾。即使他們是我的摯友，我內心也忍不住想摑他們幾巴掌！要不是有人願意犧牲自己的me time，你會有舒適的居住環境嗎？每天還可以有熱湯暖飯在等你嗎？唉……社會對女性的要求真的很嚴苛。（說到這裡，很想拍拍你的肩。大家也是女人，你明白的……）

我開始害怕了，害怕長大後的你也似我的朋友一樣會嫌棄自己的媽媽。於是，我決定即使減少睡眠時間也好，每天也要留一點me time給自己。哪管只是看看書、在午膳時間看劇集，甚至上「連登」看看熱門話題……只是想看起來比較不像一名土氣的大媽！甚至在剛過去的暑假，我終於有機會獨自出走，享受了四日三夜的台北之旅。身邊已為人母的朋友們都表示驚訝，一方面對爸爸能獨自處理你的起居飲食表示羨慕（不是每位男士都能獨立處理兒女的事……），另一方面她們很好奇為甚麼我可以捨得跟你分開。

的確，重拾這種「單身」的狀態，內心也是有一點掙扎，似是很想踏出這個舒適圈，但又要重拾久違了的獨自探索精神。起初，我也不習慣睡覺時旁邊少了一個「人肉大暖爐」，也缺少了「媽咪呀，媽咪呀」、「我好攰呀」、「我唔想行呀」這些聲音導航。後來，我慢慢重建信心，因為我知道自己並非討厭當媽媽，只是這跟打工一樣，也需要喘息，也需要下班。去完這趟旅行後，我的電量恢復了，讓我更能面對你這隻小魔怪。

這個過程，就似是要在「媽媽」和「自己」兩個身分之間取得平衡。我成功嗎？這一刻我也不知道，希望將來你可以替我評分，讓我知道自己能否讓你自信地說一句：「我覺得我阿媽好潮，一啲都唔煩！」

希望有一天

可以和你「摸住酒杯底」傾心事的媽咪上

A
bearbeer
Relationship
有種
關係
is
called
04
as...

擁抱，
是最好的藥

P.30-32

某種老朋友

P.33-35

謝謝你
成為我的路燈

P.36-39

你細細個
都係我湊大咲！

P.40-43

擁抱，是最好的藥

親愛的芬：

你喜歡跟我們玩醫生、病人的角色扮演遊戲，讓我們替對方或你的毛公仔治病。現實生活中，你也是一位好醫生，把成年人的鬱悶治好了。

每晚刷牙的時間，都是我被療癒的時候。由於你長得矮小，必須站在高凳上刷牙，此時的你身高就跟我一樣了。你會主動把雙手搭上我的肩膊，要求一個擁抱，甚至要我把你抱得最緊。有時候，你更會甜蜜地問：「你願意嫁給我嗎？」我們會故意做給爸爸看，我想他恨不得有一副太陽眼鏡遮擋我們的「閃光彈」了。這一個深深的擁抱、一句撩妹語錄的情話，都把我一天的悶氣通通驅走。

我們又怎會不知道「擁抱」的重要性呢？可是擁抱是有時限的，隨著我們逐漸長大，便會跟身邊的人拉開一定的距離。首當其衝不能再享受擁抱的，通常都是男性長輩（例如爺爺、公公，甚至是爸爸），接著慢慢延伸至女性長輩，包括我——一位比你更早認識自己的人，也會慢慢喪失跟你擁抱的機會。也許你會慢慢將擁抱分給朋友、愛人，甚至是你的下一代。因此，我很珍惜每次跟你擁抱的時刻，亦鼓勵你每次跟長輩、朋友道別時，跟對方擁抱一下。看似很外國人的相處方式，但這種適度的身體接觸就像一個媒介，將愛由一個身軀傳導至另一個身軀。

提起公公、婆婆，有一次在台灣酒店的經歷，令我印象非常深刻。那時公公在洗澡，你叫婆婆在床上扮演昏睡的公主，當公公洗完澡出來，你立刻拉著公公大叫：「你的公主暈倒了，你快點過來抱起她、親她一下吧！」我們都被你弄得哭笑不得，在我心目中，你就是那個會牽起紅線的天使，把公公婆婆的距離拉近。我也忘記了有多久沒跟自己的爸爸媽媽擁抱了，所以有時當你要求我、公公、婆婆跟你圍在一起擁抱時，雖然我內心覺得有點尷尬，但也謝謝你給我這個機會，可以跟他們像我小時候一樣互相分享溫暖。這種家庭情感的連繫，也是我面對困難的力量。

從你身上，我學到「擁抱」的重要性。以前的我，每次面對你的壞脾氣和失控時，都會設法盡快讓你重拾開心，卻沒有好好治療，賦予了支持的力量。即使我是成年人，也在學習使用「擁抱」這種藥，去陪伴身邊重要的人。

所以我們一起努力，好嗎？

一想到你將來跟伴侶擁抱，
就想要哭出來的媽咪上

某種老朋友

親愛的芬：

猶記得你第一天到幼稚園上學，老師教你唱一首兒歌，歌詞是「你是我的好朋友，永共我享喜與憂。手牽手，一起走，心裡樂悠悠。」那時候你仍是牽著我的手一同唱歌，轉眼間你已經會跟其他小朋友牽手，甚至擁抱。剛升學時我常常致電給班主任詢問你的交友情況：跟哪一位同學比較熟？通常會一起做甚麼？對朋友的態度是否友善？即使現在你已有固定的朋友圈子，我仍然會著緊你每天上學時跟她們的交流。因為作為獨生女，朋友是成長中非常重要的伙伴。至少我作為獨生女，對朋友特別重視。

假如每個人是一道微小的燭光，當與別人連結成為朋友時，就如燃點起對方的蠟燭，令力量漸強。朋友的魔力超乎想像，能使你第一時間把任何喜與憂都告訴對方。我相信隨著你長大，我已不能似現在緊貼你的交友狀況，而且地位及重要性也會被朋友逐漸取代。我想每個媽媽的夢想，也是希望子女將來仍會把自己當作朋友。

能夠與朋友互相看著彼此成長，甚至陪伴對方經歷結婚、生兒育女等人生大事，有時真需要靠雙方維繫。可是現實中，並非每段友誼都如畢業記念冊寫的「萬里長城長又長，我們友誼更加長」。小時候特別愛把「絕交」掛在嘴邊，但有點像情侶鬧分手般，只是希望對方先道歉的技倆，不會真的斷絕來往。反而長大後，有些朋友會因轉校、搬家、移民而減少聯絡，甚至因為誤會而疏遠。到底是世界複雜了，還是我們不再單純呢？

另一種會令朋友流失的情況，就是生小孩！一群還沒當媽媽的朋友會自然消失，慢慢成為通訊軟件中只傳節日祝福的人。慶幸我的朋友圈子都對我有極大包容，除了在地點、時間上遷就外，也歡迎你的加入。坦白說，有時我覺得參與這些聚會壓力很大，總認為在話題、身形、生活習慣上與他人格格不入。所以當還未有小孩的中學朋友仍會邀約我一起吃飯時，我不禁感恩地回應：「謝謝你沒有把我忘記。」她的回應也使我覺得窩心：「我怎會把你忘記呢？」我想，儘管朋友之間會有不咬弦的時候，但真正的朋友是會包容對方的改變，也願意聆聽和表達。

最後最後很想提醒你！小時候常被問到「誰是你最好的朋友？」每次也只限回覆一位朋友的名字。那時候真的會傻傻地只選一位對象，但現在回想就覺得這個問題很幼稚。誰說人生只能有一位好朋友？朋友可以分為很多種：有的專門聊心事、有的專門研究共同興趣、有的就似智者般給予建議……所以，別被這個問題掣肘著你，人生本來就應該多姿多彩。即使你對社交厭倦，但總會有一位朋友吧？我想沒有人會喜歡孤獨和不被理解。

看到你慢慢懂得跟朋友相處，會主動分享和關心對方，內心當然為了你的進步而感動，更期待你會懂得珍惜友情，繼續開拓屬於你的朋友圈子。

無論你喜歡誰，

請你繼續留下給我（好朋友）這位置的媽咪上

謝謝你成為我的路燈

親愛的芬：

人生有很多事情，都是書本學不到的，反而有些「路燈」能在人生不同階段為你指引方向。以下有三個故事想跟你分享：

有一個學生在班中屬中游分子。在高中時，她因為趕不上課程進度，加上好友都轉到其他學校，性格慢慢變得自卑，上課的態度也開始變得散漫，成為班主任眼中的「怪人」，被調至最不起眼的角落位。這時候，她遇上一位特別留意中游水平學生的中文老師，老師擅於發掘學生的優點，除了在沉悶的中文課加入很多與社會相關的討論，更會在課外時間約學生們一起看《作死不離三兄弟》——一部講述夢想與追求成績的印度電影，使學生的眼界不止放在成績單的數字上，反而更想找到自己的方向。畢業後，老師仍擔當一位聆聽者，例如解答升學疑難，也在學生結婚、生小孩議題上給予支持及慰問。即使老師之後移居外地，仍然主動給予學生聯絡電話及地址，關係昇華為朋友。要是沒有遇上這位老師，你覺得學生還可以有自信地面對求學時期的困難嗎？

第二個故事是關於一個大學生。有一位教授的嚴謹兇惡，早已街知巷聞，學生都被她的威嚴嚇得不敢「走堂」或遲到。偏偏這個學生很「犯賤」，對她非常敬佩，認為正因為她對自己有要求，才會對學生也特別嚴厲，於是學生鼓起勇氣，邀請她成為自己論文的監督導師。朋友笑學生瘋了，為甚麼要自虐式地被教授「逼迫」？

嚴厲的老師，所制定的時間表比其他監督導師更為細緻，所以遞交初稿的日期也比其他人快。然而這一「逼」，使學生很早便制定好題目，日後的寫作流程也更順暢。當學生滿以為自己已準備充足時，教授卻對她說，寫論文並非食自助餐，吃了很多但抓不到重點；反而應該像中式菜單一樣，上菜次序按食客的胃口循序漸進，使讀者更易吸收理解。這番話對學生影響深遠，要是她沒有踏出第一步，嘗試找教授幫忙，也許她日後未必會對自己的工作嚴謹看待。

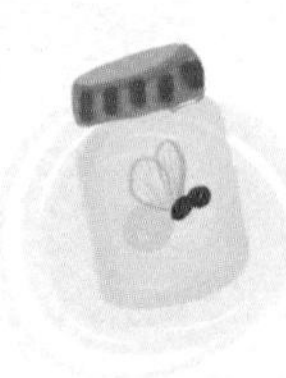

最後一個故事，是關於一個職場新鮮人。剛畢業的女生誤打誤撞做了校對工作，偏偏她是一個粗心大意的人，要處理這種聚精會神、心無雜念的工作，實在難倒了她。有一次，上司終於看不過眼，語重心長地說：「可能一個逗號、句號在你眼中並不重要，可是卻會影響整體閱讀的觀感。如果你連這些微小的地方都能留意到，將來別人便會對你更放心、更信任你。」除此以外，女生一向都討厭重新更改電腦檔案的名稱，也不愛掃描完成好的文件。於是上司提醒她存檔的重要性——要不是前同事都做了這些繁瑣的步驟，新加入的同事便沒有資料可以參考，自然不能對工作快速上手。其實上司大可以直接向管理層打小報告，不給予這個女生機會，但最後上司仍願意分享工作的小秘訣。即使女生後來離開這個崗位，這些溫馨提示也成為她日後的座右銘。

說到這裡，你還記得我一開始把人們形容為「路燈」嗎？路燈的照明，往往只有一段固定距離，就似我們在各個階段遇到不同的良師益友。他們

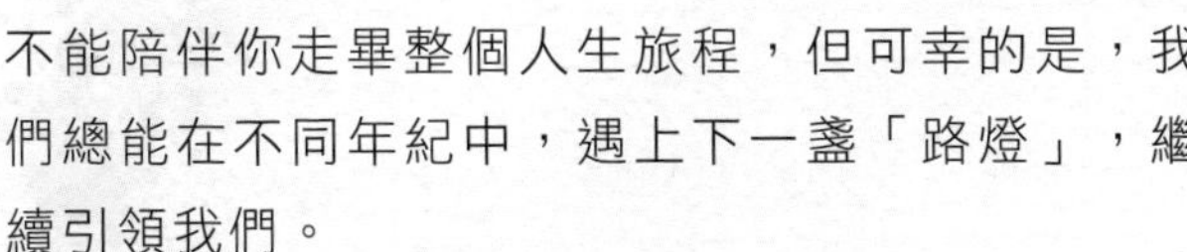

不能陪伴你走畢整個人生旅程，但可幸的是，我們總能在不同年紀中，遇上下一盞「路燈」，繼續引領我們。

而我，就是三個故事中的那個幸運女孩了。

但願在我照耀不到的地方，
你仍能遇上很多「路燈」的媽咪上

你細細個都係我湊大㗎！

親愛的芬：

能夠從四大長老口中聽到一句「你細細個都係我湊大」，是一種福氣。父母一但晉升為祖父母輩，一定會由兇猛的獅子，變成溫純的綿羊。雖然作為媽媽的我會很頭疼，但回想起小時候被外公外婆溺愛的我，可以經歷當「港孩」的日子也是無憂無慮的。

小時候，父母需要工作，平日將我交由外公、外婆照顧。外婆常常在接我放學時，被我拉到零食店試食，有時更會請我吃比一般雪糕昂貴的「粒粒雪糕」。我還記得以前她替我洗澡的水，熱得可以把我煮熟，雖然那時候覺得很可怕，但現在卻很懷念被她照顧的日子，因為她現在變回小孩一樣，反而需要我們照顧——外婆因腦退化症而漸漸把我忘記，就連最愛的麻將都慢慢放棄了（我還記得小時候，因為「書」跟「輸」同音，所以如果她要打麻將，就一定不可以在旁邊做功課，書本類的東西通通要遠離！）想念她從前總愛把「這個是我照顧了二十多年的孫女」掛在嘴邊，現在她應該還沒有搞清楚你是我的女兒、她的曾孫，但在我的腦海裡，可以增添「外婆跟我

的女兒曾經一起相處」的回憶，已經是難能可貴。

有甚麼比有外婆的童年更幸福？就是還有外公的愛一起加持！年長的男士，總會無法抵抗小女孩的眼淚攻擊，所以我總會得到他的撐腰和寵愛，例如因為我說過很喜歡吃雞翼，於是他每天都煮給我吃；又試過因為我不想去託管班，他打電話跟我媽媽理論（明明就是我的錯，在浪費金錢，現在回想也很慚愧）。我們的共同回憶，就是暑假時他帶我去游泳，然後自豪地跟其他街坊說：「是我教懂孫女游泳！」他常常會因我而感到驕傲，簡單得即使我在兩餸飯店做暑期工，他也會稱讚我「好捱得」，不怕辛苦和骯髒。無法讓他在生時見證我大學畢業，經歷人生大事和你的出生，對我而言也有一點遺憾。所以我也悄悄在你的名字中，加上外公名字的元素，像是一種懷念和傳承。

時移世易，你也生活在被外公外婆（即是我的父母）寵愛的家庭。雖然他們不是你的主要照顧者，但正正因為較少相見，每次見面都更顯珍貴。在你們的相處過程中，我有了重大發現——從你身上，我看到自己小時候的影子。小時候，我的父母雖然平日都忙於上班，但周末他們都會帶我去外面玩玩，甚至一家人在長假期參加海外旅行團（例如兩歲時已經去加拿大，五歲時就去南非，在九十年代也算有點前衞）。所以現在換成他們照顧你時，也會注重帶你去外面見識一下，鼓勵你多嘗試。更讓我佩服的，是他們竟然教懂四歲的你踏兩輪單車，我覺得你好幸福呢！看著他們教導你的模樣，就似小時候他們教導我一樣。

還有一個「家族傳統」，就是在我小時候，爸爸已經很喜歡用菲林相機拍照，又或是拿著手提攝

錄機記下我的成長片段。現在，他不但繼續擔任我們的家庭攝影師，更學懂用手機程式剪片，把你的生活記錄下來。那時候的我，應該跟現在的你一樣，常常展露出溫暖的笑容。

回想當初想生小朋友的原因，是因為覺得自己生活的地方、接觸的人也很美好，所以想讓下一代能夠感受。我的家庭背景當然佔了很重要的因素，所以慶幸我有「細細個就畀佢地湊大」的童年，讓你可以繼續享受「細細個都係畀佢地湊大」的生活。

仍想被外公在天上
繼續「湊住」的媽咪上

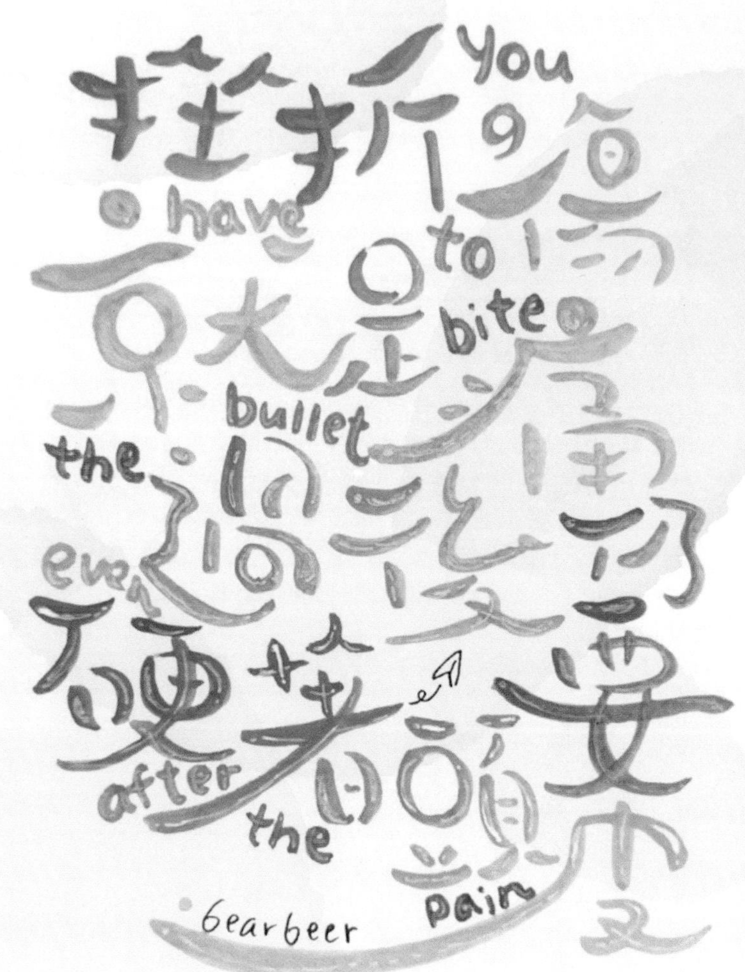
You
have
to
bite
the
bullet
even
after
the
pain
Gearbeer

Hello，怪獸！

p.46-48

衝動就是一場西班牙鬥牛格鬥

p.49-51

人生本來就有很多事，是徒勞無功的啊！

p.52-54

緣盡也是緣

p.55-57

Hello，怪獸！

親愛的芬：

每次當你不願入睡，我和爸爸都會告訴你：「怪獸會挑不睡覺的小孩子，然後偷偷咬她的屁股！」於是，你就會趕緊閉上眼睛睡覺。其實你從來都不知道怪獸長成怎樣，我們也沒有形容過牠是甚麼樣子的，但是你一定會自動聯繫與「恐懼」有關。

我的勇氣沒有隨著年齡而增長，我也有害怕恐懼的時候。表面看到的，就是突如其來跑出來的老鼠，以及充滿壓迫感的幽閉環境；看不到的，就是懼怕跟別人發生衝突。互相吵架本來已經很難堪，之後要用更多時間、心思修復戰後的頹垣敗瓦，像這樣的怪獸，應該沒有人想要面對吧？即使我是成年人，都有害怕的事情，所以我會盡量選擇「避戰」，可是我不能像你一樣緊閉雙眼，視而不見。唉，我的「怪獸」似乎是難以避免的。

我曾參加一個有關認識自身與情緒的展覽活動，策展人想分享的正正是「恐懼」。首先，我們要把心目中的「怪獸」畫出來。你覺得我的怪獸會是甚麼顏色的呢？如果你覺得是灰灰沉沉，或是陰森恐怖的色調，那你就猜錯了。我畫的是一隻閉目養神、擁抱著自己的怪獸。因為我知道，這一刻牠像睡火山一樣沉寂，使我有點珍惜可以靜下心來的時光。

接著，我們要寫一封信給自己內心的怪獸，與牠對話。我告訴怪獸，雖然牠這一刻看似酣睡的乖寶寶，但無可否認的是，牠（或是更多的怪獸）總會在人生中再次睜眼出現，我還是必須努力面對。這種方式令我換個角度看待恐懼，原來我可以有平靜的時候，也提醒我要好好珍惜和感受這些時光。最後，策展人收集大家的怪獸畫像和給怪獸的信，希望將來參加者收到時，會回想起當天自己面對怪獸時的努力。

選擇在信中跟你談論怪獸，並非因為我的強項是打怪獸，相反，我是被怪獸打敗的「專家」。因為即使我充滿理據，也會因為臉皮薄而忍不住邊説邊哭，讓我看起來非常懦弱。所以我想告訴你，獨自面對恐懼並非易事，而我就會尋求不同方法去排解內心的恐懼，例如與朋友傾訴、參與情緒工作坊、約見輔導面談等。在過程中，其實沒有一個確切答案告訴我該怎樣做，但從中我得以更認識自己。

「學會對醜陋的事物伸出手，否則沒法獲得某些東西。」這是動畫大師宮崎駿創作《千與千尋》那隻充滿泥漿的河神時背後的理念。可以從恐懼中認識和接納自己，也是一門成長必修課呢！

還是會「怕呢樣、怕嗰樣」的媽咪上

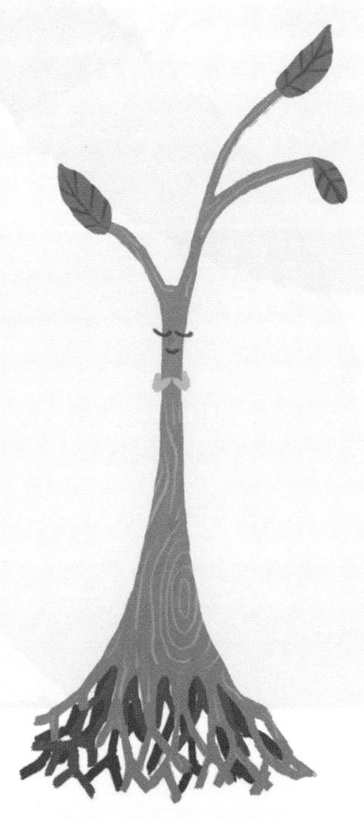

衝動就是一場西班牙鬥牛格鬥

親愛的芬：

又一個你不願意睡覺而讓我崩潰的晚上了！每當我想快點哄你睡，然後好好完成工作，甚至是簡單梳洗一下時，你都總愛鬥氣，在床上滾來滾去，一直嘀咕著「我睡不著，我睡不著！」我想你長大後一定不敢再這樣説，因為每個成年人最愛做的事情，就是睡到半死。

這種爭持，通常都發生在爸爸晚上要上班的日子，每次也讓我無助得很。看著時鐘一分一秒滴答地過，可以me time的機會愈來愈少，使我躊躇不安。明明我還有很多瑣事要處理，根本就一點也不想睡，卻因為要陪你而裝作睡覺。偷偷瞄你時，你都總是精靈地望著我。終於，心中的怒火一下子按捺不住，發瘋似的罵你：「你為甚麼還不睡？你知道你不睡會影響媽媽工作嗎？」當然你一定大哭，然後我心情更煩躁，繼續大罵：「我還有很多東西要做，也沒有哭出來，你只是要睡覺而已，到底要哭甚麼？」結果，每次我們都是兩母女一起抱著對方大哭，直至哭到累⋯⋯終於睡了，時間又過了兩三個小時了。

爸爸安慰我，他說你其實已經很累，只是不習慣閉上眼後還要一些時間才會睡得沉，所以閉上眼後幾秒就嚷著不要睡。然而，即使我明白你的「苦衷」，我仍然會像一頭鬥牛一樣，怒火一來，就忍不住用兇惡的語氣向著你直衝，因為我心力交瘁了，已喪失了控制情緒的能力。

有一次在Facebook看到一條短片，拍攝不同媽媽在面對小孩子鬧彆扭時，自己的情緒也崩潰起來。有一位媽媽因為照顧生病的女兒而很久沒有休息，於是求饒一樣說：「你就讓我睡一下吧！」又有一位媽媽因為女兒不滿手工品做得不美且大吵大鬧，終於忍不住，發狂似的把手工品撕破。

沒有人一出生就懂得當媽媽，大家也是從自己當女兒的成長經歷中修煉過來的。即使現在你已經四歲了，意味著我肩負照顧你的任務踏入第四年，我也不敢說自己是一個好榜樣。照顧小孩的壓力實在會消磨一個人的意志，再強大的心臟，都可能因為三姑六婆的閒言閒語，或是放棄了私人時間，而漸漸撐不住。更嚴重的是自我批判，總覺得自己是笨拙的、狼狽的，例如至今仍然不會煮飯、替你洗澡時總會弄得非常混亂等，都讓

我懷疑自己是否一個好媽媽。這個身分，常常令我喘不過氣來。

我在想，有些事情真的不是一下子就會學懂，不是那個年紀、處境，就未必能領略體會。或許有一天，當我到了欣賞「苦瓜」的年紀時，我才懂得把情緒控制得不慍不怒。請你包容我內心的蠻牛，也接受我的道歉吧。

PS 如果你將來有更好的情緒管理方法，我一定會向你請教！

快要成為「國寶」，

可以搬進海洋公園的媽咪上

人生本來就有很多事，是徒勞無功的啊！

親愛的芬：

人生總有一些事情，任憑我們怎樣努力，總是徒勞無功，欠一點天分。

還記得小學五年級時，我已經害怕數學，即使我的媽媽安排我去補習班，也是無補於事。我試過在考試時差兩分才及格，更被老師嘲諷：「小學就已經不及格，真丟臉！」不得不承認，數學是我永遠的弱項，是我無論怎樣惡補、做練習，也無法改變的事實。好不容易完成中五會考，本以為可以擺脱所有數理科目，可是在工作領域，我卻無法逃離數字，總是粗疏大意、錯漏百出，我只能硬著頭皮做，例如為問卷進行統計分析、計算活動預算、為不同報價單「格價」……漸漸我才發現，數字工作不講求運算技巧，因為用最簡單的加減乘除便能找到答案，面對數字時更講求的是細心和耐性，這些正正是人生中做任何事情，都必須有的特質。

我也會看到你徒勞無功的時候，然後慢慢呈現半放棄狀態，對事情漸不上心。體會最深的是你最近參加了籃球班，每逢星期日，我要提早起床陪你上課。本來就已經夠折騰，更無奈的是你竟然嫌熱嫌累，常常發脾氣說不想參加。嗚嗚……當初說要報名的人明明就是你，真覺得自己猶如中了詐騙陷阱一樣，不但付出了學費，還要被迫陪你早起，簡直是「貼錢買難受」！任憑我用傳統的貼紙獎勵計劃，或是鼓勵課堂後會有小獎勵，你也只是三分鐘熱度，很快便對我的承諾拋諸腦後。我心中簡直是充滿怒火，每次上課也得按捺自己的情緒。其他家長也說笑，說要競猜一下你會在第幾節課，才願意主動拍球。

於是我改變策略——在每一節課開始前，我都跟你說：「先試一下，真的做不到，就站在旁邊看。但不可以一點也不嘗試便說放棄。」當然，你不會立刻發奮，但至少能把目標由「捱過一小時的課」變成「嘗試一個新技巧」，讓我看到你的主動和進步。就這樣，我們一起渡過了十個星期的課，互相在「不輕言放棄」這個課題中成長。

到底讓你上籃球班，真的是徒勞無功嗎？我心裡當然知道，你不是打籃球的材料，繼續學也不會變成籃球女將。況且即使你將來仍然不懂打籃球，其實也沒有損失，頂多可能是長得矮一點吧。可是你知道為甚麼我要這樣上心嗎？因為我更重視你的承諾和嘗試。這一刻你未能完成貼紙目標，或是沒法取得小獎勵只是小問題，我更擔心的是你將來處事容易半途而廢，在充滿競爭的社會中吃虧。

現在我還可以繼續做你的啦啦隊，鼓勵你嘗試，但將來只有你可以當自己的動力。一件事成敗與否，視乎你有多想做好了。

相信每件事情的發生，
都是讓我們學習的媽咪上

緣盡也是緣

親愛的芬：

一直都在考慮會不會寫一封關於愛情的信，我想這個課題中最難學習和接受的是分手。可是人生其實也有不同類型的「分手」，例如辭職或被辭退、跟朋友分道揚鑣、與一些壞習慣及舊事物說再見……所以我決定統一把這些告別寫下來。

「分手」的出現，首先需要至少一個人與自己扯上關係，這個是緣分的開端。我覺得緣分是一樣很奧妙的東西，是一種不可解釋的巧合或力量，因為在適當的時候，它便會自自然然出現。有些人會刻意製造一些機會和偶遇，去創造緣分，因為這樣看起來比較幸運和浪漫，令對方容易接受。不過，緣分的出現更像是玩劇本殺遊戲，要不是你做了第一個決定，就不會衍生之後的發展，讓你跟某些人和事邂逅。就似我跟你的相識，就要追溯至跟你爸爸八年前在灣仔碼頭的商店工作認識，後來再一步一步組織家庭，再擁有你。如果其中一個步驟出錯，都會改寫你誕生的情節。一切都是緣分。

正因為緣分是如此難以預料，緣盡也好像來得始料不及。有些是無可避免的自然流失，就似我們搬家後再沒有聯絡的舊鄰居、已經轉校的同學、曾經教你手語的導師等。人來人往，生命中總有些人是過客，彼此的緣分較短暫，一閃而逝。但有些關係的破裂卻是由一道裂痕開始，大家都知道要立刻修補，但總好像不知道第一個小缺口到底是何時出現。是因為那句無心之失的玩笑嗎？還是那一次約會遲到的芥蒂？抑或是被對方看到一個不小心反白眼的眼神呢？要是能查明原因，彼此願意給對方解釋、溝通的機會，當然是最理想吧。只是當裂縫出現時，我們通常都會以情緒主導事件，就好像當你看到最好的朋友跟其他人一起玩時，你會忍不住哭出來，即使對方想再牽你的手給你安慰，你也會故意鬥氣拒絕。

現在你還小，就似《海底奇兵》(Finding Nemo)的多莉魚魚一樣，轉個眼便能把悲傷放下，繼續跟對方重修舊好。成人世界好像比較複雜，混雜了很多誤會、偏見、先入為主等因素，再加上「解釋便是掩飾」的說法，讓我們在處理衝突時，總會關上耳朵，導致裂痕愈來愈大，最終關係破裂。緣分，也走到盡頭了。

生命中總有一些關係教人耿耿於懷，緣盡當然不是一個最美好、讓人想接受的結局。不知道當你看懂這封信時，你又想起誰呢？想對你說，我也是一個念舊的人，夜闌人靜的時候，我仍會回想起那些無法一起走下去的人，所以不必為了因為懷念過去而覺得自己很傻。畢竟一起經歷過快樂的時光，對彼此投放過一定期望，才會在緣盡的時候倍感失落。「緣盡也是緣」，既然結束是由命運安排的事，就放心由它決定吧。要是緣分沒有斷的話，繞了一大個圈，還是會碰上的。

覺得晚上是最好思考時間的媽咪上

There is nothing
Permanent
except
change

將來你的墓碑上，
籍貫會寫甚麼？

P.60-62

成長等於不要醜，成長等於需要放手

P.63-65

離別，
是成人禮的第一課

P.66-68

我覺得自己
係「稜」

P.69-71

將來你的墓碑上，籍貫會寫甚麼？

親愛的芬：

記得唸書時，其中一次中文口試的題目是《假如我是一片雲》。當時我大概是這樣說的：「很多人都希望成為一片雲，看似潔白無瑕，也可以自由自在地在空中漫遊。可是我一點也不想成為一片雲，因為雲的命運根本就不由它來決定——太陽會隨時隨地把雨水蒸發，然後到了一定程度又會下雨。好運一點就會飄到水塘，不幸運的話就可能飄到坑渠成為污水。像雲一樣飄泊地生活，根本就沒有根。」已經是很多年前的考試了，但我仍然印象深刻。除了因為老師在考試後稱讚我的選材跟其他同學不一樣，能突圍而出以外，更重要的是當時的說話內容，跟我現在的價值觀仍是貫徹如一。

根，是我很重視的信念。

之前看了由「風車草劇團」製作的《回憶的香港》——一套有關香港成長、變遷及集體回憶的演出，當中提及一位伯伯對於自己的籍貫是大澳而非常自豪。籍貫，指父系祖先的長久居住地或出生地，即是一個家庭發源的「根」。據我所知，我的籍貫是中山，但由於親戚大多在早期移

居香港，所以我對香港的感情和印象必然更深厚，而柴灣更是我出生、成長、組織家庭之地，我的籍貫寫成柴灣，會更為貼切吧？

當我介紹自己住在港島區，大家都以為是甚麼高尚地方，因為港島區總是給人一種獨有的氣質。然而，柴灣雖然位於港島，卻跟這種氣質沾不上邊。柴灣對大眾來說，離不開「偏遠」、「老人邨」、「唔拜山都唔會嚟」的標籤，偏偏我在這個地方，扎根了三十年。大家有所不知，柴灣也有較「豪華」的地方，小時候我由外公外婆主力照顧，他們正正住在地鐵站上蓋的私人屋苑，這裡可算是一些比較高尚的住宅——位置方便、面積寬敞，而且有游泳池和網球場。儘管不像現在有大型會所，但那時候已經是與別不同。我學會游泳的契機，就正正是外公在這兒教曉我的，這件事也是他生前自豪的事情之一。

即使結婚後，因為你的爸爸一家也住在柴灣的緣故，所以我仍住在這裡，方便照應。沒有試試在其他地方生活，會覺得可惜嗎？我想，雖然社會常常都鼓勵我們踏出舒適圈，身邊愈來愈多親友選擇移民，有時心底裡也會佩服他們的勇氣。但

「家」本來就應該是舒適度高的地方，要在一個欠缺安全感的新地方生活，對我而言仍是一種壓力。所以這一刻，我仍是安於住在柴灣，也無悔繼續留下來。

內心也有掙扎、矛盾的時候，你將來會否抱怨，覺得我沒有選擇移民，沒有給你一個更廣闊的學習環境呢？我還沒想像到如何回應你呢。不過，與其由我選擇你的成長地，倒不如趁我們還年青時四處遊覽，或許你會找到一處舒適的宜居之地。

將來，要是你要離開柴灣，甚至香港也沒關係。要是你能夠把原來的「根」拔起，有信心重新安放栽培，就勇敢飛吧！找一個值得你將來在墓碑刻上籍貫的地方，成為你的根，便足夠了。

無論去到哪裡，
都會連結著你的媽咪上

成長等於不要獻醜，成長等於需要放手

親愛的芬：

最近找回一張幾年前用「小畫家」畫的圖畫（大概現在也沒有人會用這個軟件吧？）。雖然畫功非常稚嫩，但當中的語句卻無限唏噓——「成長，就是你想的時候學不會。不想要的時候，就不知不覺學會了，還得交上痛苦作學費。」

那時候的我，應該只有二十二歲，到底經歷了甚麼才會這樣感慨？自己再看也覺得好尷尬……

關於成長，小朋友都渴望快一點長大。從前你常常說：「我要長得像天花板一樣高！」「我長大了！不用再牽著媽媽的手過馬路。」我想，小時候的我也有同樣想法，尤其是十八歲時可以買六合彩、出入賭場（當時澳門還未提高入場門檻為二十一歲）、買啤酒等，看起來愈是有規則所限的事，就愈是吸引……然而，你最近好像覺得成長不是一件好玩的事，自從你升上低班，要在校車內照顧幼兒班的學弟學妹，你便完全不想要這些約定俗成的責任。所以你告訴我不要長大，寧可變回一個小嬰兒。這下子我頭疼了，成長本就是無可逆轉的事，我可以怎樣説服你成長是有趣的呢？

我反問自己，我真的享受成長嗎？記得剛剛誕下你時，真正感受自己要長大了，因為做每個決定都不止對自己負責，更要考慮你的將來。你出生後的首三年，我幾乎每個星期都會做夢回到中學時期。夢境的設定都是在最後一個上課天，就似那些科幻片回到過去一樣，每次我都會為了這一天如何過得難忘而躊躇。這個夢出現的頻率太離奇了！於是我忍不住詢問懂得解夢的人。對方説，因為我的潛意識不習慣現在的生活，所以我常常想要回到從前，改寫自己的決定，更想回到可以揮霍青春的中學時期。解夢這回事，未必是百分之百準確，但懷緬從前日子的心情，卻被一語道破。原來，我也會像你一樣，想要變回小孩。

要在成長和「返老還童」的拉鋸中，提醒自己保持愛幻想和愛冒險的心，是我學習釋懷的方法。最近重聽容祖兒的《黃色大門》，每次聽到「讓那彩虹長橋無限伸展，飛象日日雲上表演，魔幻現實尋到相交點。在我心房的，黃色門裡，保存著未坐那火箭」，就會想到《玩轉腦朋友》（Inside Out）內的女主角與幻想出來的好朋友玩耍的片段。想

變回小孩，並非不想負責任，並非不切實際，也並非逃避現實。相反，這是對生活有憧憬的表現，希望令自己的人生更多姿多彩，不像成年人般營營役役地虛耗精力。長大後的人怕幻想，是因為怕被取笑。我也會害怕，難道你認為我跟別人說常常做夢回到中學生涯，其他人不會覺得我奇怪嗎？我深知自己回不了過去，但我可以在未來做出更多改變人生的選擇，繼續讓自己如中學般可以「燃燒」，甚至應該能比當時，燃燒得更有睿智吧！

要成長的事實無法改變，我還在適應一些成年人必須面對的議題——責任、期望、人生計劃、金錢管理等。你將來也應該會為這些問題而煩惱，就讓我先寫信提醒你吧！不過成長有不同階段，每一個時刻都各有苦與樂，都值得我們去學習和體會，希望你能好好體會每個片段。

很想知你小腦袋中的「黃色大門」
到底是怎樣的媽咪上

離別，是成人禮的第一課

親愛的芬：

記得之前看過一本舞台劇場刊，封面上寫「成人禮的第一課是別離」。有人説人愈大，尤其是過了五十歲後，要出席的喪禮愈來愈多，就愈會懂得接受別離。的確，隨著年齡增長，我不用花太長時間和力氣去消化和接受別離，但我仍是一個很怕別離的人，畢竟人生還須經歷畢業、離職、結束任何關係……而最難學懂的，必定是死亡。

關於死亡的電影，我很欣賞《玩轉極樂園》（Coco）。電影除了將家庭及傳承的概念表達出來，還將死後的世界描繪得多姿多彩——「去了另一個星球」（死亡另一種解説），也許是我從這部電影中所得到的啟發。先離開的親人，只是暫時離開「地球」這個地方，然後在另一個星球繼續開墾、創造。待我們某一天離開，除了能跟他們重遇之外，他們還會為我們引路，發掘更多好玩新鮮的事。就像我們當初在「地球」這個地方出生、學習，所有事情都歸零。

跟你聊死亡，看似太嚴肅難明，但這件事已經發生在妳的世界裡了。有一次聽你婆婆說，妳問起太公公去了哪裡，婆婆答你：「太公公去了另一個星球。」你突然問婆婆：「太公公走了，妳傷心嗎？」婆婆頓時驚訝得說不出話。沒想到當時只有三歲的妳竟然有點明白死亡。後來，你開始關心，終究有一天我會否跟太公公一樣，會去另一個星球。因此每當我生日時，你都會很緊張地問我現在幾歲。你的小腦袋很奧妙，竟然會理解隨著我的年齡增長，我離開你的一天便愈快到來。於是我跟你撒了一個謊，說媽媽永遠都會是三十歲，這樣我便不會變老。

「撒謊」好像形容得有點負面，應該說是「承諾」吧！我知道自己無法阻止數字上的增長，但至少可以一直維持三十歲的身體狀況和心境，減慢退化程度，又或者盡量拉近差距，使我仍有心力與你同行。希望你長大後不會嫌我阻礙你吧！

不過，可能不出十年，你便會得悉「沒有人可以逃避死亡」的真相，這意味著你還在地球的日子

裡，有部分時間我跟你不能並肩同行。更重要的是，我沒法也不希望要照顧你到人生最後，有些路終究還是要放手。不過我還是可以答應你，即使去了「另一個星球」，我還是會默默守護你，化成一顆星星，雖然微弱卻有力量地給你指引回家的路。

深信「分開了，並不等於分開地過」的媽咪上

我覺得自己係「稜」

親愛的芬：

以這一篇信作為人生必經第四個課題之最後一篇，是因為要成功克服以上課題所帶來的挑戰，最厲害的武器並不是用哈利波特的魔杖，也不是多啦A夢的法寶，而是每個人獨有的「稜角」。

我想，每個人都不希望隨波逐流，大家更想帶著自己閃閃亮亮的稜角，成為最有個性的那位。成長中，每個人都希望找到自己一眼就被認出的部分，即使是成人眼中的壞孩子，刻意打破舊有規矩，也是一種希望被記住的表現。可是成長並非童話故事，不是每個人都有主角光環，用「可以淹死人的熱血」就能得到認同、取得成功。曾經在一份工作中，因為我不滿意上司只顧巴結奉承，於是多次以自己的原則與他議論，對他的處事手法表示不滿。現在回想也覺得自己實在是太膚淺幼稚！為甚麼會不自量力挑戰他呢？結果，我當然被解僱，更要當天即時「執包袱」，真是不堪回首……原來，堅持把稜角保留，例如講真話、跟不合時宜的老一輩對抗等，通常都會把自己弄得遍體鱗傷。

稜角終究會逐漸磨蝕，甚至自己也會不自覺地認同把它砍掉，才可以迎合他人。你猜，我之後有把稜角磨平嗎？被解僱後不久，我很快便找到新工作，當時我提醒自己：下一份工作必須要服從上司。可是我沒有因此而變得一帆風順，因為我並不能在工作中發揮所長。原來，把稜角磨蝕的元凶，不是上司，不是制度，不是社會，而是自己。

正正因為想提醒自己要謹記稜角，保留一點倔強，我索性把這個字刺青在右肩胛骨。這個位置常常因為工作而疼痛，把「稜」字刺在這裡，就是想提醒自己不要害怕這種痛楚，例如因接受別人抨擊而痛、為捍衛信念而痛，使它成為磨煉自己的養分。刺青師的手寫書法風格很吸引，部分作品中還加入了一些小插圖，將文字的意義昇華。於是我請她把「稜」及「紙飛機」兩個元素融匯在一起。

為甚麼會是紙飛機呢？猶記得你三歲時，我們即興參與了一個市集的「紙飛機大賽」，大家很隨心地摺飛機，然後在指定界線一起扔出去鬥遠。可是你卻把飛機頭（較尖的一端）向著自己，

這樣一定不可能獲勝。我好欣賞你有自己的「稜角」，但也擔心將來「稜角」會窒礙你的「飛行距離」。這時比賽主持人説：「無論你怎樣摺、怎樣扔、怎樣畫，都是由你自己決定，就好像人生也是由自己負責。」的確，將來你飛多遠多高，我無法掌控。但作為母親的我，只能盡最大努力，為你提供一個飛得開心享受的環境。要擺脱社會對家長或教育方式的枷鎖，正正也是對我的「稜角」之挑戰。所以我常常以這次紙飛機大賽為例，雖然你不在賽制下勝出，卻獲得了一次開心的經驗值。

希望你將來做每件事，都是自願地喜歡和接受。即使做錯了決定也沒關係，更重要的是你學會為自己的選擇負責。

很早以前，已經覺得未來的小孩名字
要有「稜」字的媽咪上

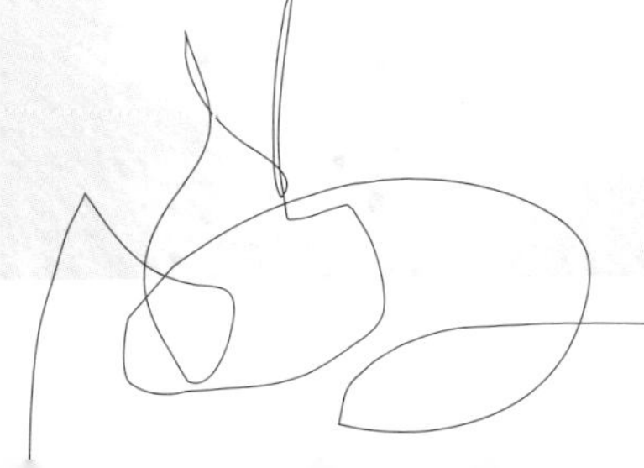

The
Best
is
yet
to
come

給準備進入社會大學的芬

P.74-76

給將要步入人生另一階段的芬

P.77-79

給三十歲的芬

P.80-82

特別收錄：給我未來的女婿

P.83-85

給準備進入社會大學的芬

親愛的芬：

首先要恭喜你，終於要迎來人生第一份工作！也要恭喜我自己，終於可以不用再給你零用錢了！

很現實，選工作當然會以薪酬為考量點，所以我除了要恭喜自己不再需要給你零用錢外，也希望你扣除必要開支之後，仍然有自給自足的零用錢——偶爾買喜歡的東西獎勵自己吧！雖然工作後的收入可以替你解決很多生活上的煩惱，但千萬不要讓工作凌駕你的人生啊！歸根究底，你才是自己人生的老闆。

回到主題，到底為甚麼不可以好好説「工作」，而要説成是「社會大學」呢？走進「社會大學」，意味著你告別既有認知的「學校」，終於要踏進職場。然而，職場卻是另一個學習的地方，除了工作上的技巧外，有時還要應付與上司、同事及客戶之間的人際關係。好吧好吧，也許你很聰明，也很善於與人相處，你不會想到最簡單的換水、處理影印機的各種問題，甚至是使用過膠機、裁紙機……也可能會把你難倒。你可能會覺得老前輩總是不合時宜、固執守舊，但又不能否

認他們總有一些經驗，是你唸再多的書都無法超越他們的小智慧。我又怎會沒有遇過呢？以前我會衝動地反駁，現在我會先聆聽，消化過後覺得值得參考的，便會記在心裡；覺得沒有道理的，便用方法證明自己的決定更可取有效。慢慢發現，職場也是一個能讓人每天學習的地方，這些知識並不會逐句逐段記錄在一本書裡，反而會自動歸納成為你腦海中的寶庫，建立你的工作系統。歸根究底，你才是自己人生的老闆。

既然説起學習，也不如討論一下：到底工作後還需要繼續學習嗎？在汰弱留強的社會中，大家都紛紛提升自己的競爭力，學歷、資格、牌照、證書……好像愈多愈好，我不否認自己也在這場競技中。曾經有一段時間，我為自己應不應爭取受認可的牌照而迷惘，因為這關乎薪酬和升遷，也是對自己價值的承認。可是，要別人單從自己的成就，而非任何專業資格中定義價值，是更具挑戰性的事情呢！所以我選擇了「兩手空空」，因為我不想把自己框死在一個專業上，而是多方面發展和擴展社交圈子。畢業後，我大概花了近十年才了解自己，所以盡情摸索吧！歸根究底，你才是自己人生的老闆。

最近在Instagram看到香港演員柯煒林寫「飢餓感回來了」，這是他在出席第六十屆金馬獎頒獎典禮後寫的感言。很喜歡「飢餓感」這個詞，就似蘋果公司創辦人Steve Jobs說過的「Stay hungry, stay foolish」一樣，讓自己不易滿足，才會對任何事情仍然保持童心與好奇，想發掘和了解更多。工作只是成就人生美滿的其中一個方法，繼續讓自己「飢餓」吧，尋找更多讓你覺得充實生活的事情。歸根究底，你才是自己人生的老闆。

不經不覺進入社會大學八年，
已換了六份工作的媽咪上

給將要步入人生另一階段的芬

親愛的芬：

不經不覺，你已經在四歲前當了三次花女。每次看見你穿著白色裙子，有點靦腆地提著花籃、灑下花瓣的樣子，我的心裡都會帶著一絲感觸——終有一天，你會穿著比四歲時更美麗的白色婚紗，提著結婚用的花束，與你喜歡的那位共諧連理。

在我眼中，你永遠都是我當年抱在懷裡、讓我用手指輕點你的鼻子說「叮噹叮噹」的小寶貝。我還記得小時候的你，最討厭就是照顧別人。有些小孩總愛搶著擔當大哥哥、大姐姐，肩負照顧小弟弟、小妹妹的責任，而你卻永遠避之則吉。哈哈，現在應該躲不了吧？也許你跟我一樣不懂煮飯，又或是只能應付很基本的家務。沒關係的！你不是要變成一位家務助理或生子機器，只是成為一個把目光放在「家庭」裡的人。簽了婚書後，除了法律上你的身分正式不同了，也代表你要負擔起照顧伴侶以及對方家人的責任。你可以完全融入，是相當幸運的事；不太理解或是沒辦法理解，不用太灰心，這是很正常的事，因為彼此的價值觀也可以很多元化。在自己能力可以應付的程度裡，了解這些跟你成長背景、文化不同，卻又帶著千絲萬縷關係的家人便可以了。就似在香港土生土長的我，對你爸爸的家族習慣，都會抱持「拍攝旅遊特輯」的心態，試著發掘一些有趣的習俗，以減少我的困惑或不安。

也許你會為了婚禮而努力減肥，挑選最華麗的婚紗，化一個最精緻無瑕的妝容。對自己這樣有要求的決心，在結婚後仍然要繼續保持。我這樣說，並不是害怕將來伴侶會因為你的外表而諸多挑剔，而是待自己好從來都是一件值得的事。王菲的《給自己的情書》唱著「自己都不愛，怎麼相愛」，好好愛惜、保養自己的身體，是對自己負責任，也是對伴侶負責任的表現。婚禮只是一天的事，經營婚姻、人生才是一輩子的事。要是你沒有健康的身體，又怎能跟對方一起渡過每次高低起伏呢？雖然在誓詞中我們都會強調要照顧好對方，但長期照顧也不是一件容易的事，更可能會磨滅雙方的關係。所以如果可以好好照料自己，也是一種疼愛對方的表現。大家不用因為照顧對方而過分擔憂，反而把時間放在與對方一起在世界探險，不是更值得的事嗎？

在這個可以選擇以不同形式與伴侶相處的年代，你選擇了婚姻，我覺得你很勇敢。婚姻這門學科，即使已為人妻第五年的我，仍然沒有唸得很好。媽媽不是你唯一學習成為妻子的參考，因為每對夫妻、每個家庭的文化和相處方式很不同，每一個人生階段都充滿著各種引誘和挑戰的。但是不用害怕，一個好的伴侶是會和你一起面對和解決的，既然你選擇了這一位伴侶跟你共渡餘生，他應該是讓你感覺可靠和值得吧！

每次參加別人的婚禮
都總會感動流涕的媽咪上

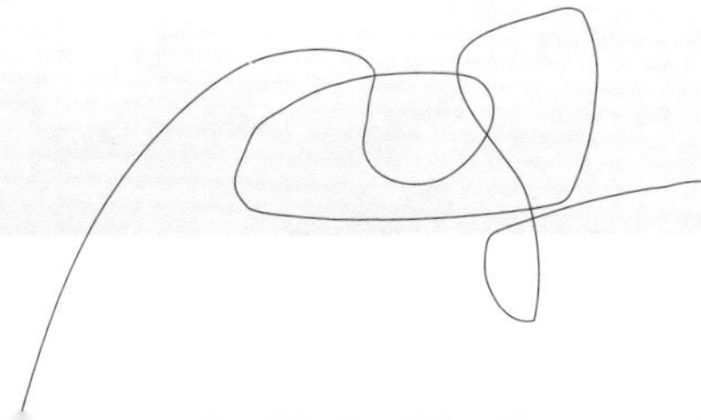

給三十歲的芬

親愛的芬：

「那日你 累透倦透 渴想崩解倒地
一聲嘆氣 輕輕説笑
將死了嗎 講得太流利
過渡了 愉快極了 某刻你又記起
當天這麼的死過 都可捱過 已生成下個你」

—— 陳健安《繼續繼續》

這刻的你，「死過」了嗎？不知道當你三十歲時，五十五歲的我已經「死過」多少次？又生成了第幾個「版本」的我呢？當你看到這封信時，正正跟這一刻寫信的我同齡，不知道三十歲的你，會不會一樣喜歡寫作呢？會不會一樣愛幻想？會不會仍然相信世界是有美好的人和事呢？希望你已成功解決了人生的一些迷惘，而且生活會比我過得精彩吧！

如果二十至二十九歲是一個不斷在嘗試與失敗中徘徊的階段，三十歲就是比較清楚自己喜歡和不喜歡、擅長和不擅長的轉捩點。一輩子很長，不要讓自己過得將就。既然這個年紀能夠判別自己的喜惡，而且還有心有力去改變，那就給自己多一點機會去選擇。交往對象也好，選擇工作也好，要是並非最喜歡，就給自己告別的決心。你還有本錢去任性呢！

孔子説「三十而立」，意思就是確立自己的人生，例如學懂成為有修養的人、確立自己的事業方向、有組織家庭的能力。三十歲的你，可以很自信地承認自己已經做到「三十而立」嗎？（哈哈，我是不敢的。）人生並非只有「做到」和「做不到」，中間還有不同光譜，甚至有人會選擇在這個年紀重新發展新的方向、搬到新的地方重新適應生活。這樣「砍掉再重煉」的心態比起要穩定自己的發展方向，並非晚了起步，而是更勇敢地接受挑戰。不管幾歲也好，只要清楚自己是邁向「做到」並漸漸遠離「做不到」的路程當中，已經覺得很了不起！

聊完了人生，也聊聊這刻我倆的關係。三十歲的你應該不會每件事都跟我分享，就算你願意花時間對話，我知道你會選擇「報喜不報憂」，因為你不想讓我擔心，而且這種擔心對你來説根本無補於事，反而會讓我更囉嗦緊張。為甚麼我會知道呢？因為我也會這樣愛理不埋地回應自己媽媽

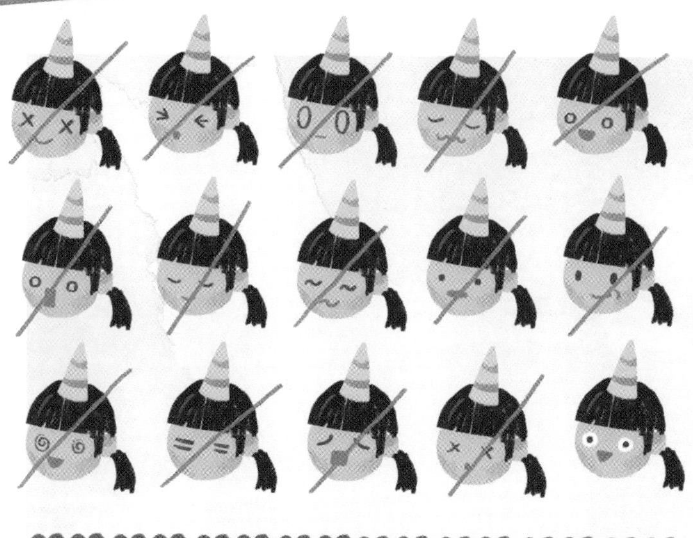

的關心，無非也是掩飾自己內心的脆弱。其實改變的只是子女不願溝通的態度，媽媽根本就沒有改變，所以我仍然會留在原地等候你的分享，就似你小時候愛跟我分享每天的大小事、會主動表達不想我上班的不捨。

這些情景，我不希望只是回憶，而是你現在及將來也願意在我面前呈現的一面。

養兒三十歲，

長憂了三十年的媽咪上

特別收錄：給我未來的女婿

親愛的女婿：

沒想到我竟然會在自己寫的書中，留一篇版位給你！本來只是想要寫信給你未婚妻（也就是我女兒！），為她送上祝福，或是寫寫我對她要踏入人生另一個階段的不捨。可是過了結婚日以後，其實她還是我女兒，所以我仍是可以跟她繼續分享。反倒是你，我們應該不會有很多機會說坦白的話，所以好好利用這次重要機會，寫一些給你的說話。

寫這封信的我只有三十歲，不知道你跟芬芬結婚時，會不會比這刻的我更年長、比我更有人生閱歷。可是不管你年紀有多大，我相信我們對她的愛和珍惜，應該也是一樣，甚至可能是「良性競爭」，大家都想要當最愛她的人。等一下！要是你沒有這個想法，請你不要跟芬芬結婚呀！（準備要磨拳擦掌了！）

好吧，如果你真的願意成為我的「競爭對手」，以下的文字請你好好閱讀下去：

結婚這一天，是充滿粉紅色泡泡的日子，但是我想告訴你，婚姻是黑色的。先不要害怕，我不是那種要阻止你們結婚、擔心你要搶走芬芬的變態外母。你們之所以選擇對方作為終身伴侶，是因為你們都看透對方的「黑色」：可能是性格上的稜角，又可能是成長時的陰影、或是心底裡的恐懼……而你們都願意接納彼此的這種黑色，是因為看懂這種「黑」不是死氣沉沉的，而是理解當中的亮澤感，也就是看到對方的獨特性。芬芬不可能是沒有脾氣、千依百順的女孩，謝謝你願意接納她不完美的「黑」，找到跟它相處的方法，請令她信任你就是那位可以駕馭這種黑色的人。

記得一次出席婚禮時，一位神父說過：「情侶間最真摯感人的畫面並不是結婚當天，而是過了很多年後仍然長相廝守、互相牽手扶持對方的情景。」就連沒有宗教信仰的我，也對這番話印象深刻。婚禮當天，芬芬必然是最美豔動人的，並非因為她今天的裝扮、衣著最漂亮，而是她選擇了「嫁給愛情」。當她選定了你，臉上必定會不期然掛起笑容，看著你的眼神也充滿欣賞和尊重，這是她因為選了對的人而充滿自信的樣子。這個模樣會變嗎？很抱歉，也很殘酷地說：一定會！可能是幾年後，又或是幾十年後，彼此會因各種生活的考驗而慢慢對對方失去信心。你和芬

芬要一起走到神父說的情景，過程一定並不簡單，可是我仍衷心希望你們都能以此作為維繫關係的目標。

最後，別怪我不提醒你——我的女兒在我從小培養下，成為了一個喜歡驚喜的小女孩。沒有女生是討厭禮物和讚美的，我想你應該知道要怎麼辦吧！

恭喜你即將加入
「守護芬芬同盟」的外母上

後記

在撰寫這本書時，我的腦海浮起「字療」這個詞語。

本來在香港生兒育女已經是勇者，而女兒出生的2019年，正值社會運動及疫情之時，我覺得自己更是「勇者中的勇者」。面對千變萬化的時期，我會接受自己的不安和無奈。因此，我沒有刻意把每封信都寫得很有盼望，反而由衷地道歉、帶有愧疚的領悟、向女兒坦誠自己的不足，都是文字給我的「字療」，讓我有勇氣面對自己在成長中的掙扎和無奈。

早陣子，四歲的女兒告訴我想學「藝術」，她想要學習繪畫、做手工和寫書。真好奇為甚麼這個詞語會出現在她的小腦袋，但更多的是欣慰（立刻露出「姨母笑」）。雖然藝術不會讓你得到全世界，但能為你提供一個自癒的小角落。我想以下的人都是因為相信「藝術」的療癒力量，才會在出版路上成為我的路燈——藉此感謝出版社的同事Bryan、Nico、繪畫插圖的Suison、撰寫推薦序的杜老師及母親、以繪畫及攝影圓滿我成長路的父親，以及支撐我在創作路上美好的人。寄望女兒會有自由創作、不受抑壓的未來。

看畢這本書的你，未必會想到一個對象，使你立刻要執筆寫信。但寫作是有唸過書的人都會的事，請記得你是有能力利用文字的溫度和力量，為自己和別人打氣。

最後，我想寫一封給自己的信作結。

親愛的鹿仔：

寫了二十一封給別人的信，該是時候寫給自己吧。

對上一次領獎是甚麼時候呢？好像已經是中學的閱書報告比賽吧？沒想到畢業了這麼多年，也由少女變成「中女」了，也可以用自己寫的文字取得肯定。謝謝你，為自己努力了一次!

寫信給女兒的習慣，由懷孕時已經開始培養，可惜後來因為照顧和工作，慢慢把這件事放下。謝謝你，爭取了出版的機會，記錄給女兒的信。希望她會感覺到你的愛。

最後，能夠出版這一本書，不外乎「敢」和「感」——謝謝你勇敢地擺脫任何藉口去寫，也願意花時間感受生活，讓自己成為有血有肉的人。謝謝你，但願未來我仍然會繼續像你一樣。

願你每天能欣賞日落為你帶來的小總結。

鹿仔上

香港青年協會 | hkfyg.org.hk | m21.hk

香港青年協會（簡稱青協）於1960年成立，是香港最具規模的青年服務機構。隨著社會瞬息萬變，青年所面對的機遇和挑戰時有不同，而青協一直不離不棄，關愛青年並陪伴他們一同成長。本著以青年為本的精神，我們透過專業服務和多元化活動，培育年青一代發揮潛能，為社會貢獻所長。至今每年使用我們服務的人次接近600萬。在社會各界支持下，我們全港設有90多個服務單位，全面支援青年人的需要，並提供學習、交流和發揮創意的平台。此外，青協登記會員人數已達50萬；而為推動青年發揮互助精神、實踐公民責任的青年義工網絡，亦有超過25萬登記義工。在「青協・有您需要」的信念下，我們致力拓展12項核心服務，全面回應青年的需要，並為他們提供適切服務，包括：青年空間、M21媒體服務、就業支援、邊青服務、輔導服務、家長服務、領袖培訓、義工服務、教育服務、創意交流、文康體藝及研究出版。

青協網上捐款平台

Giving.hkfyg.org.hk

專業叢書統籌組 | cps.hkfyg.org.hk

香港青年協會專業叢書統籌組多年來透過總結前線青年工作經驗，並與各青年工作者及專業人士，包括社工、教育工作者、家長等合作，積極出版多元系列之專業叢書，包括青少年輔導、青年就業、青年創業、親職教育、教育服務、領袖訓練、創意教育、青年研究、青年勵志、義工服務及國情教育等系列，分享及交流青年工作的專業知識。

為進一步鼓勵青年閱讀及創作，本會推出青年讀物系列書籍，並建立「好好閱讀」平台，讓青年於繁重生活之中，尋獲喘息空間，好好享受閱讀帶來的小確幸，以文字治癒心靈。

本會積極推動及營造校園寫作及創作風氣，舉辦創意寫作工作坊及比賽，讓學生愉快地提升寫作水平，分享創新點子，並推出「青年作家大招募計劃」、「校園作家大招募計劃」及「全港即興創意寫作比賽」，為熱愛寫作的青年提供寫作培訓、創造出版平台及提供出版機會。

除此之外，本會出版中文雙月刊《青年 空間》及英文季刊《Youth Hong Kong》，於各大專院校及中學、書局、商場等平台免費派發，以聯繫青年，推動本地閱讀文化。

books.hkfyg.org.hk

網上書店

「青年作家大招募計劃」

為了鼓勵青年發揮創意及寫作才能，本會自 2016 年開始推出「青年作家大招募計劃」，讓青年執筆創作，實現出書夢。計劃至今已為逾 15 位本地青年作家出版他們的作品，包括《漫遊小店》、《不要放棄「字」療》、《49+1 生活原則》、《細細個嗰一刻》、《早安，島嶼》、《咔嚓！遊攝女生》、《廢青姊妹日常》、《人生是美好的》、《媽媽火車—— 尋找生活的禮物》、《數學咁都得？！ 22 個讓你驚歎的小發現》、《雞先生的生活智慧》、《旅繪三國誌—— 藝遊緬甸、斯里蘭卡、尼泊爾》、《鯨歸何處》，以及今年獲選作品《舖貓紀》、《精神病，是咁的》及《親愛的，請打開信箱—— 給女兒的人生情書》；透過文字、相片、插畫，分享年輕人獨一無二的創作及故事。

親愛的，請打開信箱── 給女兒的人生情書

出版	香港青年協會
訂購及查詢	香港北角百福道21號 香港青年協會大廈21樓 專業叢書統籌組
電話	(852) 3755 7108
傳真	(852) 3755 7155
電郵	cps@hkfyg.org.hk
網址	hkfyg.org.hk
網上書店	books.hkfyg.org.hk
M21網台	M21.hk
版次	二零二三年十二月初版
國際書號	978-988-76280-9-5
定價	港幣100元
顧問	徐小曼
督印	鍾偉廉
作者	何思穎（青年作家大招募計劃2023 獲選青年）
插畫	Suison Ma
文字手繪	何思穎
編輯委員會	周若琦、徐梓凱、劉曉君
執行編輯	劉曉君、余晴峯
設計及排版	徐梓凱、D. Design
製作及承印	寶華數碼印刷有限公司

Dear Sweetie, Love From Mummy

Publisher	The Hong Kong Federation of Youth Groups 21/F, The Hong Kong Federation of Youth Groups Building, 21 Pak Fuk Road, North Point, Hong Kong
Printer	Power Digital Printing Company Limited
Price	HK$100
ISBN	978-988-76280-9-5